月光しづく

髙橋あや子句集

ふらんす堂

月光しづく＊目次

句集　月光しづく

自由律

冬銀河地球は一隻の柩

マフラーを振る胸の乾きしままに

冴ゆる夜を深めたるB面のジャズ

日の鷹がとぶ遠景に死の序曲

老僧に墨匂ひ立つ深雪晴

摑み所《どこ》無き漢《おとこ》等と浮寝鳥

白鳥を数ふるやうな夫の眉

年の暮神事の湯釜滾ちをり

富士は身を律する容《かたち》初御空

ピアニッシモ・ピッチカートに明けの春

エアポート乗り継ぎ機長よりの賀詞

買初に遺伝子組み換へ無きを選る

春隣新婚一間のカルチェラタン

パリでの生活

悠揚と母胎の響き雪解川

父の背は遥かに聳ゆる残雪

鷹鳩と化して良妻老い易し

蝶生れて羽音に揺るるフィラメント

羊水に月煌煌と空海忌

生まれ来よ確《しか》と春星握り締め
天帝に呼ばれ花冷えの産道を

鶯が囃すテレサテンの「夜来香《イエライイシャン》」
病むる時健やかなるも囀れり

行く春や指切り誰とも未完なり

藤棚の蔓どこまでも自由律

雲雀の巣専攻課程声楽科

東邦音大、声楽科卒

畳屋の肘直角に締め立夏

スクワット鍛へ媼の夏来る

牡丹散る風の結び目緩むがに

逢ひに行く紅薔薇と同じ息を吐き
ていねいに蛇衣脱ぐも瞬時に老ゆ

アモーレがいつぱい螢相寄れり
泣き疲れ死にはぐれサイダーぬるむ

陰干しの柳行李を梅雨の蝶

夏蝶はエデンの園を探す旅

子は拳で泣けり螢見据ゑては

許さうと思ふ　蟬穴に籠る子を

螢袋に人見知りの児がひとり

言ひかけて発せぬ唇の涼しかり

巻き戻す昭和炎天のひよこ売り

落し文ときめきと言ふ忘れもの

父は吾をきれいに忘れ薄雪草

父の眼の奥の花野を走りたし

臨終のなみだ月光ひとしづく

死者が手を組む夕空を鷹柱

センチメンタルジャーニー寝返ればひぐらし

靴底に小石挟まる敗戦忌

吾が遺影選りていよいよ虫時雨

献体を決めてをりしが地虫鳴く

道すがら月がバケツに捨ててあり

ダリ・ピカソ台風の目の近づき来

孤島

綿虫やこの世の縁を誰か逝く
胸ぐらに想定外の枯るる音

枯れてゆく昭和にオキシドールの泡
父母眠る枯野へ周波数合はす

句を詠まな心枯らさぬためにかな

樺太へ向く幾千の干し柳葉魚《ししゃも》

東豊線の五番出口そのまま冬

蟷螂の枯れて直情あらはにす

やすやすと老ゆるも飽かずかいつぶり

革手袋別れの手話のまま置かれ

表面張力十二月八日

生くるとは鳰尾《みぞおち》もつとも凍ててをり

サンピラー表裏は別でありたくなし

寒星のたわわに零れカルデラ湖

冬雲や過る雑念訃突然

冬薔薇胸にたばしる詩を欲れり

丹頂の飛翔山河を膨らませ
風花に天使のつばさ降り立ちぬ

鶴群れてあの一声はおつうやも
さよならの寒き言葉が棒立ちに

流氷の欷《な》く夜　ブリキの蟬鳴かす

欷く＝すすり泣く意

海明けていよよデキシーランドジャズ

春暁のカムイの森へイランカラプテ

レコードへ針落とす指うすす氷

紅梅を見に行く違ふ漢と行く

体内に潮の満ち引き春うれひ

吾が死後も樽前山は笑ふかな

シクラメン胸の孤島を灯さばや

穴を出づひねもすのたりのたり蛇

鳥帰るいづれ化石となる地球

男運ほど良し駅舎に紙雛
ふらここにおさげの吾れはまだゐるか

太極拳春満月を抱き寄する

目借時首よりはづす躾糸

遠き日の形状記憶磯遊び

入園の子等捥ぎたての桃に似て

民泊を予約巣箱は空きのまま

薔薇を嗅ぐ少年に恋生まるるか

浮遊する若者の群れ熱帯魚

姫百合の生まれ素性《すじょう》は遊女らし

ソーダ水まだまだ卵産む気分

青春は78回転の真夏

78回転＝SPレコードの回転数

声弾けシーツの海へ子の泳ぐ

箱庭にキューポラの空ありにけり

箱庭のシネマに昭和のベル鳴れり

顧りみる校歌は常に遠青嶺

里の空恋ふる修司の夏帽子

ががんぼの脚は一本づつの自我

蚯蚓干乾びＦＭよりイマジン

熱帯魚水槽灯れば繁華街

女郎花密かに炎ゆるべく炎えて
訣れ来て影の乱るる素秋かな

別れ鳥胸の火種を確かめ得ず

廃校は大き虫籠夕日さす

馬の耳すでに秋風触れてをり

馬の息かかる馬柵《ませ》にゐて初秋

日勝の松澤の馬　霧より生る

日勝の馬＝神田日勝の未完の馬
松澤昭の馬＝「凩や馬現れて海の上」
句集『神立』松澤昭先生より頂く

夕月の匂ふ鬣《たてがみ》日高嶺《みね》

ハイセイコーの墓に蜻蛉畏《かしこ》みて

ガリ版へ鉄筆の圧雁《かりがね》や

鬼の子も地球の胎児白昼夢

月光を汲み上ぐG線上のアリア

一湾の闇を裂き入る月の舟

星河より洩るるアカペラ神威岬

語尾淡きアデュー終着駅に月

清張読む時差信号に赤き月

銀漢へ凭れゐる蠍座の女
星の粉散らせ銀河のオホーツク

クリスタル

端居して吾が身をなだめきれぬなり

蚊帳くぐり遠きまほらへ戻らうか

漢まさりで通す麦熟るるなり

蛇の尾を踏めば故郷ざわめける

協和音涼しく散らすラ・カンパネラ

帰省子のチーズのやうに眠りこけ

星涼し円周率の果てに兄
兄追うて行きたし夕焼に身を投じ

晩夏光時の朽ちゆく今にあり

水を買ふ列八月は日本の忌

生き抜くもたかが死ぬまですいつちよ
蓑虫の蓑の自愛に引きこもる

臍の緒は銀河垂直に繋ぐ
胎の児と響きあふ花野の聖地

眠る児を月の淵より抱き起す

浅草寺の路地の煮豆屋汀女の忌

二十歳、柏市句会にて中村汀女氏より講義受ける

道元に是非問ふ吾亦紅揺れて
再会も淡きに終はる十三夜

板鍵を差し込む湯屋を雁の棹

縄跳びの縄に懸かりし天に鳶

冬ざるる重低音の象の鎖
一年の忘恩に悔ゆ除夜の鐘

鍵の束取り落とし　凍空にひび

真空管テレビの磁気嵐　寒暮

仕上げ砥に菜切り刃光る結氷湖

兄よりも遅れて生まれ花キャベツ

夕鶴となり還り来よ忌日来る

白鳥をこぼさず空はクリスタル

雪月夜ショパン遺作嬰ハ短調

寒月を身籠る縄文土偶かな

熟睡児《うまいご》の蛹の時間ちゃんちゃんこ
ほつれ毛のまま別れたる古襖

限界集落深雪の落とし蓋

遠汽笛冬の銀河を積み余し

流氷来一面にパガニーニの譜面

ぺんぺん草鳴らす古里は空つぽ

木洩れ日の光の化身紋白蝶

白蝶来眼帯の紐締め直す

すぐ終はるはず片恋と言ふおぼろ
囀りや読み上げ算のまつさかり

つくしんぼ今を証しの胞子吐く
愚痴ひとつ椿あたりへ忘れ来し

初燕始業チャイムの譜の中を
蝶よりも静かに涙流したる

鍵つ子が枝垂れ桜の胎内に
鎖骨より深く眠りぬ春の月

花衣吾が骨いづれ陽の微塵

遺すもの一行詩ほか春灯し

微熱

青大将やさしく吾れを締むるやも
雷鳴や空の鼓膜が破れさう

太陽の秘蔵っ子ポンポンダリアかな

螢火の髪に触れたる炎の記憶

まだ知らず螢火ほどの寂しさを
花火果て闇の微熱を持て余す

決まり手の戯画の蛙を曝書かな

蟬の穴警報装置鳴り止まぬ

原始林いつせいに蟬の陣痛
玫瑰よりもつと遥かな沖を見て

子蟷螂鎌振る遊び心かな

船《せん》匠《しょう》の掛け声太し鰯雲

歳時記を捲るルーペの中も秋

桔《き》梗《きょう》よりうつむく人の肩包む

爪を切るペガサスの尾に触れしあと
海鳥の浮く月光の漣に

札沼線の鉄路の微熱赤のまま
赤とんぼ不意に記憶の奥処《おくか》より

バンクシーの壁や雁が音雲の脚

ミシン目の連なる薬包雁渡る

錠剤を指で押し出す星月夜

駅伝をひとり歩ける枯野かな

心残りが海鳴りとなる霜夜

冬蝶の即身成仏疑はず

雪虫の五臓六腑は切子硝子

すべて枯れ尽くし　茫茫たる家郷

若僧のうつむく冬とすれ違ふ
眼差しをふと朽野《くだらの》へ透けてゆく

目深とは悼みの深さ冬帽子

懐手組みなほす誰待つと無く

着膨れの漢何にでも醤油

暁光に鶴は片脚づつ沈思

つかぬ事尋ねたき手袋脱ぎて
涙目の童女寝落ちて夜の冬木

少年の匂ひ樹氷より生るる

淋しくば白鳥も顔埋《うず》むなり

非通知は鶴の塒へ転送す

白鳥の寝落つそろそろ本題に

若冲の鶏冠真つ赤牡丹雪

胎内てふ宇宙たんぽぽ日和かな

海明けや帝王切開より目覚む

芽吹かんと木の胎内の水騒ぐ

星生まるその産声を春と呼ぶ
みどり児の目覚めは梅の花びら

塗り絵より春へはみ出す象の鼻

「お嫁に行くの」アネモネ開くやうに告ぐ

安らかに逝くも一芸種浸す
縄文の継ぎ接ぎの壺鳥交る

白鳥の引くやテナント募集中

百年はたつた百回の桜時

スイートピー蕾が恋になる匂ひ
鐘の鳴る札幌はリラ冷えの巨花

夕桜身のうち蒼き微熱あり

春の夜のラブミーテンダー　秘密よ

原野

風は詩を人は恋生みうららかや

鴉の巣竪穴住居煮炊き跡

梅一輪老人ホームの面会簿

名残り雪をんな心に似て非なり

木々芽吹き子を褒むること思ひつく

啓蟄やビルの腹よりモノレール

つばめ来る愛国駅から幸福駅

札幌の成層圏はリラ灯り

吾が血より濃き紅椿散り尽くす
雌蕊より雄蕊寂しき飛花落花

本心を切り出す新茶の封を切り

塩を足すクラムチャウダー緑の夜

病む夫を一つ日傘に迎へけり

夫看取る今は虹の裏側かも

電柱に夏季限定のパート募集

空蟬の無念無想の瞼閉づ

先頭の蟻のほこ先本能寺
煮え切らぬ返事　素足を投げ出して

クーラー全開をとこの鎖骨翳り

勝気とは崩れ易きかな花火屑

行商女夕焼まみれの荷をほどく

大向日葵踊り子リリーに会へさうな

炎天へ仏頂面をひつさげて

返信のポストへ落つる音は秋

この星の露の世しばし仮住ひ
白木槿エプロン結ふも日々あらた

刃に乾く銀の鱗や月明り
束ね髪解けば月光雫かな

月光のひとひら母へ羽織りたし

天涯の父も酔ふ刻酔芙蓉

ただ一度父の涙を見し夜長

月のうさぎ吾れの歩幅について来る

鹿啼くや火のごと求め合ふ原野

鹿の声この蒼天は吾れのもの

敗荷に切れ字の美学立ち尽くす

清流に鮭かうかうと遡上かな

星月夜をんな混み合ふ立ち飲みバー

千歳線晩秋まみれの貨車過ぐる

松手入れ画竜の空を張り直す

残菊や余生を未だ沸点に

一茶忌や信濃の雀遊び来よ

雪煙り沸き立つ「津軽よされ節」

竹山の撥は雪原叩き付け

知床の夕陽汲み上ぐ鯨の尾

葉牡丹の芯へ光陰引き締むる

いかなる道も万丈の雪襖

*f*字孔

新春の幕開けヨハンシュトラウス

母猿の乳首真つ赤や流氷期

補聴器を付けらば蝶の息づかひ

夕燕風の旋律生まれたる

銀座の画廊柳の銀座をぶらり
ススキノは真夜の水槽春の雨

花冷やピアノペダルの踏み加減

心情の波打ち際を朧と言ふ

蝌蚪生れて四分音符を放ちけり

夕立来るショパンエチュード初めから

テリーヌの切り口泰山木開く
片かげり譜面読む手の動き出す

青葉若葉ホロビッツの太き指

涼風の過ぐビオロンの*f*字孔

フルートの涼しき出だし野外堂

ジェラシーのたとへば夜の水中花

差出しも荷受も吾が名夏の雲

空蟬の見ゆるもの鑑真の夜明け

水彩で描く雨垂れは蜉蝣《かげろう》
夕暮は二短調の風　ふつと秋

朝顔の蔓右巻きを全うす
ハモニカの並列の窓空澄めり

夫の口笛　新涼の主旋律

ストラディバリウス銀河の滑走路

朽ち舟の肋へ月光したたらす
薄紅葉半音階の彩染むる

秋の蠅リチウム電池そろそろ切れ

吸呑みの口はくちばし小鳥来る

呟きが嘆きへ転調ちちろ虫

銀杏散る吹奏楽部のチューニング

チェンバロの一拍おいて露の玉

鰭立てて月下を泳ぐ人魚姫

人魚姫月光に肌恥ぢらふよ

一行詩引きずる月夜の無蓋貨車

眠りても月は朗朗と孤独なり

行秋や路上ライブが炎となる夜

8《エイト》ビートのロック 月夜茸透けて

急須より終の一滴 遠枯野

くれなゐの淋しき性に燗酒を

波が波産みて木枯沖より来

パンの耳揃へて落とす憂国忌

狐啼く夜頃　ビオラの弦締むる

小澤征爾逝く「悲愴」枯れ尽くし

肩で弾くジャズピアニスト猟期来る

蔓引けば山の眠りのまだ浅し

一山の一《いっ》寸《すん》押し上ぐ霜柱

チャイコフスキーの譜面は新雪の匂ひ

空港のデッキにアダモの雪しきり

鍵盤の雪原に指燃えたたす

調律師探す氷湖の絶対音

眩しかりけり丹頂の銀の声
出来うれば鶴のかひなに眠りたし

樹氷林夜明けスメタナ交響詩

湿原の鶴こんじきに羽搏《はう》ちけり

第一句集『束ね髪』二〇〇八年（ふらんす堂）

ゆつたりと銀河へ梳きし束ね髪

遠き日の恋は菫の揺るるほど

第二句集『流氷欹《な》く』二〇一二年（ふらんす堂）

搾乳の乳のたばしる流氷期

夏帽子鏡の吾れに投げキッス

第三句集『四季の旋律』二〇一五年（文芸社）

無人駅灯れば村の蛍籠

終電のひとり独りの背に枯野

あとがき

本書第四句集の題名「月光しづく」は次の二句よりとりました。ルビは新仮名遣いで表記しました。

臨終のなみだ月光ひとしづく

束ね髪解けば月光雫かな

長い間俳句と向き合い勉強して来ました。生き甲斐でもあります。「にれ」入会の際に木村敏男主宰より「あなた以外『にれ』全員が教師ですよ」の言葉、そして「継続は力なり」の言葉を私の手帳に書いて頂いた事が私を成長させてくれました。生き様を活字として残せる事を思いつつ、今まで指導して下さった恩師、句友そして一番の理解者であります主人に心より感謝の念を捧げたいと思います。

令和六年　浅春

髙橋あや子

著者略歴

高橋あや子（たかはし・あやこ）

1950年　千葉県柏市に生まれる
1967年　「柏医師会吟行句会」入会
　　　　佐々倉水仙人先生に師事
1973年　「あびこ」句会入会　染谷杲径先生に師事
1991年　柏市より千歳市へ転居
1998年　「にれ」入会　木村敏男先生に師事
2002年　「にれ」新人賞受賞　北海道俳句協会入会
2003年　「澪」入会　椎名智恵子先生に師事
　　　　現代俳句協会入会
2004年　「澪」同人
2008年　「にれ」終刊
2010年　水谷郁夫先生推薦によりBS「俳句王国」出演
2013年　「澪」退会　北海道俳句協会・現代俳句協会退会
2024年　北海道俳句協会再入会

現　在　千歳市生涯学習俳句講師　北海道俳句協会会員

現住所　〒066-0053　北海道千歳市福住3丁目3-2

句集　月光しづく　げっこうしずく

二〇二四年七月一一日　初版発行

著　者――髙橋あや子
発行人――山岡喜美子
発行所――ふらんす堂
〒182-0002　東京都調布市仙川町一―一五―三八―二F
電　話――〇三（三三二六）九〇六一　FAX〇三（三三二六）六九一九
ホームページ　https://furansudo.com/　E-mail　info@furansudo.com
振　替――〇〇一七〇―一―一八四一七三
装　幀――君嶋真理子
印刷所――日本ハイコム㈱
製本所――日本ハイコム㈱
定　価――本体二三〇〇円＋税
ISBN978-4-7814-1670-0　C0092　¥2300E